貓奴籲天錄

妙卡卡 著

卡王子的一天

下午4點

啊~睡好飽

去暗示他
食物等我…
居然沒準備

我知道了
好啦好啦好啦

下午5點

哦~还是一樣難吃

吃飽睡个小覺

晚上8點

起动一动
来

继續睡
換个地方
ZZZ

半夜3點

精神飽满!

撇條先~

Happy Party ~~~!!!

休息一下～

凌晨5点

食物不起來弄這樣人还

喀啦喀啦

我肚子餓了快起来啊～

早上6:30

難吃

整理儀容

帥！

看看風景

早上7:30

竟敢睡我宝座

試看看！！下次再来肥仔基

早上8:00

睏

我提醒了不要再浪要弄食物！下午4点記得好好工作吧

‥‥‥‥

妙卡

妙卡是我媽從人家貓窩裡抱回來給我們幾個大學生養的。第一印象很不好，看他臉尖尖的，而且脾氣不好（誰被綁走脾氣會好？）

原來不是只有狗喜歡鞋子啊！
仔細觀賞一下
蹭蹭

哈～還抱著呢～這麼喜歡啊～～
抱

喔喔～居然抱著玩起來了
蹦蹦蹦

哇！那是我的新鞋子啊

新鞋上架
〈貓爪鞋〉

已經叫一小時了
死心吧
去吵別人啦

看你有毅力
還是我有毅力

當時大家沒課都睡很晚（學生不宜養貓實例），都沒有按時餵貓。卡卡就去每個人門口喵喵叫～～怪是其他人都照睡不誤，只有我會被他吵起來。難道是上輩子欠他的嗎？是現世報！

卡卡的毅力還可以從吃東西上發覺——後來都尊稱他『卡王子』。

例一：有次不得已給卡王子換飼料，也是好牌子，他卻一口也不吃。我想他餓了就會屈服。結果他每天只吃個幾粒，維持在不會餓死的底限，跟我僵持了一個禮拜。最後我認輸了，千方百計去找那已經停產的飼料……

例二：後來貓口增加，隻隻都是好吃貓，一到放飯時間都是爭先恐後。卡王子因此龍心不悅，索性就不進食了。最後只好分開遠遠地吃，問題才解決……

貓主子小檔案

大名：妙卡

別號：卡王子、卡卡

性別與年齡：♂、8歲

體重：4.9公斤

特性：迷戀罐頭、愛耍機車

小妹頭

就跟生小孩一樣，養了一隻貓一段時間之後，就會開始考慮要不要養第二隻作伴。小妹頭是從台灣認養地圖相中的，個性內向，和卡卡一見面就合得來。

貓主子小檔案

大名：小妹頭

別號：ㄅ頭

性別與年齡：♀、5歲

體重：3.8公斤

特性：超級黏人、無膽、愛睡在妙卡卡腿上

兄友~~弟恭~~妹

……

靠住

你不要跑到我看不到的地方啦～

小妹頭長大之後變得非常黏人（但不喜歡被抱），人走到哪就跟到哪，連人站著她也要靠在腿邊才高興

另一個特點是很愛跟人講話，搞得老鷹常常問我在房間跟誰說話？

妹頭很神經質，有時我剛出門又跑回家拿東西，沒脫安全帽或沒換拖鞋進到屋裡，她就會嚇得跑去躲起來……最誇張的是常常會『健忘症』發作！突然的忘了我是誰……

好在一下子就會恢復記憶，又跑來當跟屁蟲了

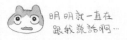

基米是大學同學去建國花市認養的，應該是小時候沒有吃飽，同學又沒限制他吃，結果吃到肚子圓滾滾像懷孕一樣。原來以為是生病，結果看了醫生說那只是脂肪而已……後來接到我家來養，沒兩天就適應環境了。

貓主子小檔案

大名：基米　　　體重：8公斤

別號：肥仔基　　　特性：什麼都愛

性別與年齡：　　　　吃、喜歡咬紙箱

　♂、5歲

快給我吃呀

整袋搶去

哈哈
我知道是這里尿
尿這里吃
不要關我啦

先餵卡王子

猛蹭

再餵其他貓

快吳

最後是基米

照吃不誤

其實我很火大

我曾經訓練卡卡『握手』，就是我說『握手』→『把貓手抓起來握一握』→『給吃』，卡王子當然不理我，零食吃了半包一點進展也沒有。正要放棄時，基米卻伸出他的手！

基米的聰明還有一個實例：有次將貓砂換成松木砂，有些貓不能接受，就到處尿尿，老薑的重要資料也遭殃，氣得我大吼：『誰尿的！？！』（有夠白癡，貓又不會回答）沒想到基米畏罪逃開……氣得罰他關陽台一天，但後來還是亂尿。我正要發睏氣時，他居然馬上跑去松木砂上尿！真是又好氣又好笑。唉，結果還是換回原來的貓砂（不然會被貓尿薰死）。

當貓口突破三隻之後，再增加就很容易了（也無所謂了）。襪子被領養前可能都沒吃飽，吃飯時像餓死鬼一樣，嚼都不嚼就吞下去。後來衣食無虞之後，就對吃沒興趣了，但是，明明不愛吃卻又要湊熱鬧⋯⋯

貓主子小檔案

大名：襪子

別號：阿襪、ㄨㄚˋ ㄨㄚˋ

性別與年齡：♂、4歲

特性：喜歡梳毛、四腳朝天睡地上

體重：4公斤

慢了就吃不到了

原來長毛貓小時候毛是短的

吃化毛膏唷

有好康我也要

自投羅網就吃吧

好臭～我不要

懶得餵、也跟人家在洗根本沒吃

襪襪雖然是公貓，卻沒有競爭意識，嗯...應該說完全打不還手罵不還口。
其他貓除非寒流來冷得半死才會擠在一起，只有襪襪跟大家都是好朋友，但是，
我，不是襪襪的好朋友......

只有想要梳毛的時候才會過來喵兩聲，
唉......我只是襪襪梳毛的僕人......

← 完全沒被
放在眼裡

誰說要幫你梳毛啊～

妞妞本來是老婆外婆家的貓，原本滿怕生的。不知為何到了我家卻性情大變，連客人摸她都會發出很大的呼嚕聲，更不用說對自家人ㄌㄞ起來真是……

貓主子小檔案

大名：妞妞

別號：阿妞

性別與年齡：♀、7歲

體重：4.4公斤

特性：有點過動、呼嚕超大聲的公關貓

我要抱
我要抱
呼嚕呼嚕♡～

好好好

妞妞勢力範圍

但是妞妞對其他貓就很不友善了。

妞妞因為子宮蓄膿，開了刀……還好手術很成功。病好了之後，更愛玩了。而且還硬要跟別人玩（就是欺負啦），尤其喜歡欺負卡卡和基米，到頭來，我家的老大居然變成妞妞了。

貓主子的特色與功用

什麼東西啊

貓有用處？貓除了耍大牌、睡大覺，還會有
什麼用處？對我來說，貓最大、唯一用處就
是『抓蟑螂』。

[蟑螂の地獄 想像圖]

給我口痛快吧

排隊中

什麼什麼
我也要

~靈魂出竅狀態~

不怕大家笑，老鼠、蝙蝠我不怕，就是蟑螂怕得要死。
以前可以用殺蟲劑，但養了貓就不敢用了。幸好貓會抓蟑螂，
正確的說是玩蟑螂。貓在睡覺就只好找老婆，但她在看連續劇就糟了

妹頭真棒

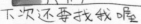

下次还要找我喔

妳剛々咬蟑螂还舔我！

morning call
摸寧摳大作战

看好多人好像都會跟貓咪一起睡，可能我是男生吧，不能接受和貓睡一起，所以副作用就是得接受貓貓的morning call轟炸

== ，他們好像開過會似的，每天都派不同貓來叫床，且老婆對貓吵忍受力很強，我只能一個人孤軍奮戰……

後來甚至門把都被拉掉了！只好換個不好拉的喇叭鎖……

暫時擊退·半小時後又來

細碎的声音更誤人抓狂

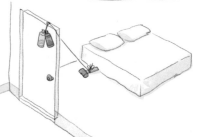

動手佈置電視上看過的『天譴』處罰；最後還是沒有用，貓好像覺得很好玩，反而每天來報到……算了，算我上輩子欠你們的

当天晚上

天譴執行

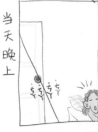

我最乖都沒吵

客人到 叮咚

我們家訪客很少，一有客人來，看貓的不同反應也很有趣。先來接客的是妞妞……

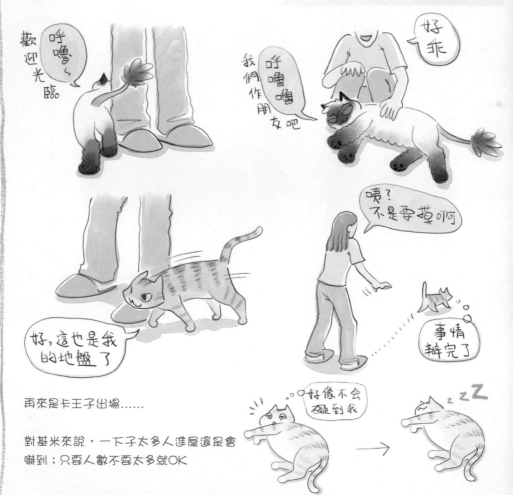

妹頭最近已經好多了，在客人進門後
一小時左右會出來探探情況；以前可
是一整天都躲著呢

倒是襪子長越大越沒膽，從頭到尾都躲在
沙發下，直到客人走了才敢出來

吃吃吃吃吃吃吃吃吃

以下為真貓真事絕無虛構

貓草

本來就曉得貓會
吃一些植物來幫
助消化（還是催
吐？）偶然在網拍看到有人在賣種貓草的材料，而且他貼的照片好
溫馨啊，於是買來玩玩，種起來也很簡單，照說明書教水換水，沒
幾天青翠可口的牧草就長得很高了

果不出其然，除了貓薄荷有卡王子捧場之外，
其他貓都視若無睹；那就剪碎摻在飼料裡吧……

沒想到貓對貓牧草排斥成這樣……

基米不吃了!?!

知道貓打了預防針會有些食慾不振；所以基米一早沒過來纏要吃就不會緊張。看他無精打采的樣子還滿有趣的 ♂

吃飯了～

对厚……該吃飯了

慢慢走……
（平常都追跑逐叫）

啊、对了……还要打卡卡……

軟綿綿

（平常打超很的）

?不痛耶

吃超慢……

←只吃一半
（平時吃飛快）

我真棒，都沒事，王子就是和庶民不一樣

同一天打針 →

真的幾乎一整天都沒有起來走動
（不過本來好像也沒怎麼動）

舔舔舔

卡卡雖然平時對於『捍衛地位』和基米是水火不容的狀態，但只要是歸順卡王子的貓同伴，對他們的態度就非常友善了。ㄚ、ㄚ、就常常被舔（梳毛），但是……

那迎看起來不錯耶

黴菌

好妹妹 ^∀^
我來幫妳梳梳毛～

又來了…

而且還會舔得ㄚ、ㄚ、整隻都溼答答的。ㄚ、ㄚ、有一陣子得黴菌，醫生就懷疑卡卡是禍首……（而且宜蘭溼氣重）

妳不坐啦
那我就不客氣了♥

受不了！

有時候妹頭坐了卡卡的位置（電腦上），卡卡來了很想坐那裡，但又不想惡言相向，於是就會過去『柔性勸導』一番……

← 梳錯方向

雖然用了一點小手段，但沒打架就由他們去吧（要是基米就會打起來）

跨丟貴
（見鬼了）

雖然不是農曆七月……
事情是這樣的……

不曉得妹頭被什麼東西嚇到，在屋子裡一直狂奔，跑到鼻子紅通通兼喘氣。屁屁舔一舔又嚇得繼續狂奔……好不容易追到，壓制住妹頭才發現……

看到鬼？

一根頭髮連著大便掛在屁股上！

妹頭一跑，大便就掛在後面甩來甩去，跑越快便便就打得越大力。無膽妹八成以為有大便鬼在追她吧

嗚喵鬼哇呀啊
！！

〔妹頭的想像〕

便便弄掉後，妹頭還是嚇得魂不附體；伸舌頭喘氣、
拼命舔自己的後腳⋯⋯得想想辦法緩和一下妹頭的情緒⋯⋯

喘

放鬆一下嘛
喝點酒

木天蓼 →

嘿嘿！

還好有效，吃完心情就放鬆多了。唉～～
我的一根頭髮把妹頭嚇得半死，妹頭，對不起啦

道什麼歉！
房間地板都你
頭髮、去掃一
掃啦～

當貓奴，樂趣無窮！

回憶我的第一隻貓

一直摸

給我注意一幸

不要對長輩沒礼貌 ← 以貓齡算老人了

卡卡並非我養的第一隻貓。生平第一隻貓是大學時和室友五人一起養的『一直摸』；是兩位室友從滷味攤下抱回的小貓。給醫生打針後判定是女生，決定取名『小草莓』，聽到電視上說日文一ㄌㄩㄦ（其實是我們聽錯了）……更慘的是，帶去結紮時才發現：一直摸是男生！！！（當初那醫生是密醫啊？）

而且还取錯名…

原來我是男兒身

但算是因禍得福嗎？不然大男生居然叫小草莓……

無力

名字性別搞錯還好，給沒知識的大學生養到才慘……

當時我們既無知又愛玩，每天都幫一直摸洗澡，後來勢懶惰才沒每天洗。除了『水刑』，還要遭受男生的玩弄，雖然受傷的都是我們……回想起來，我還是覺得很可怕，難怪一直摸和卡卡練就了閃門絕技以便隨時逃走……

總之，我是不贊成沒有知識、住在學校的
學生隨便養貓啦。

忽略

很多人都覺得基米滿好看的，為何我把他畫成好吃鬼？這就要話說從頭了……

從前從前

基米剛來時一臉橫肉 又常常去挑釁

卡卡 指甲也不給剪

也不能摸 又整天睡，所以只有好吃的印象

直到最近基米的舉動才讓我驚覺這幾年都忽略他了！

磨蹭

ㄙㄜˇ 你要幹嘛？

基米來撒嬌

不過,基米仍然是一隻非常貪吃的貓......

ㄎ幺ㄟ ㄎ幺ㄟ ㄎ幺ㄟ

轉 轉 轉

並沒有好嗎!

剛才白感动了

才摸完頭,就還是只想到吃的......

只能這樣抱

要是抱太高的話

還好不是養小孩,不然大概會記恨在心而變成不良少年吧?
最近比較常摸摸基米之後,原本完全不給抱的他也稍微可以抱了。
嗯~~稍微而已......

講一大堆話......
还是没把我画
帅一点嘛......

剪指甲

其他貓剪指甲都OK，只有基米不給剪，
連拉他的手都不行！

軟的不成，只好來硬的！
穿超厚外套加兩層手套架住
基米，再叫老邊來剪……

結果還是失敗！完全壓制不住8公斤的扭力，
而且怕慌亂之中弄傷基米，忙了半天連一根指甲都沒剪到

紙盒挖洞

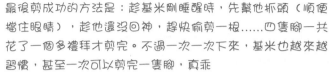

最後剪成功的方法是：趁基米剛睡醒時，先幫他抓頭（順便擋住眼睛），趁他還沒回神，趕快偷剪一根……四隻腳一共花了一個多禮拜才剪完。不過一次一次下來，基米也越來越習慣，甚至一次可以剪完一隻腳，真乖

那有什麼好玩？

喔呵呵好舒服呵～

大家都玩完了

基米的玩法

暹羅貓

还不是你偷懶

老早就想把妞妞給剃光了，因為她的毛又多又密，前腳腋下的毛動不動就打結。但我剃得亂七八糟，只好抱去給寵物店剃。

總之就是你懶得剃！

......

活像流浪漢

好涼快～

〈after〉

看♥專業的就是不一樣，多可愛啊～～
簡直就像暹邏貓

之後妞妞卻一直舔胸口某塊地方，舔到快破皮了。醫生說剃毛後常會這樣。只好讓她穿背心擋著，不讓她舔；但走路就變得很奇怪......

僵硬　僵硬

呃啊～
什麼東西壓在背上???

繞路繞路

妞妞剃毛回來了

這位小姐，我們是不是有見過啊？喂嗚

讓你想起來！

哇～是妞妞
白目

全部只有卡卡不認得

減肥

嘿嘿……
我又是主角

是什麼時候意識到基米太胖了呢？其實我們家一直都是一天早晚兩餐制，也沒給基米吃比較多，也沒吃零食，但他就是很胖；而且其他貓也開始有小肚肚了。想說會不會是飼料太油加上擔心基米老了以後，要

你該減肥了
害走路聽聽沒有聲音
才到耶

我不要啊喵！

是有一堆慢性病也很麻煩，於是就開始讓基米吃減肥飼料了。

是新口味啊
快去給我
快去 快去

嗅
嗅

居然吃得那麼高興，本來想如果不好吃，吃的少还比較好說……

好吃！
好吃！
好吃！

狼吞虎嚥～

就這樣吃了三包，幾個月的時間吧……成果驗收的時刻來臨了
～～量體重～～

吃飯囉

嗚～！

你以為在咬獵物啊？幹麻雲纪甩……

緊張
緊張
72.1

刺激
刺激
79.4

減少了兩公斤！三個月只減少了0.2公斤的胖子！

在氣什麼啊？

根本沒用嘛!!

啪！

看來減肥的王道還是得運動啊！
其實基米還蠻愛玩的，怪我太懶惰，讓他除了吃好像整天都在睡，減不了肥責任應該一半算我的，以後多陪他玩好了。跑一跑有運動的話應該可以瘦快一點吧……

啊失手了
大～海～嘯～

小声說
妙卡卡也是一天兩ㄆ，沒運动，而且很胖……

梳毛

最愛梳毛的是襪子，嚴格說他應該是喜歡梳臉才對。我一拿毛梳他就迫不及待的把臉ㄅㄨ上來……

呼嚕嚕～

掌花朵朵開

（我弟的形容）→

但是這樣我很難梳，還是要把他壓倒在地才好梳。梳的時候還會自己翻邊梳呢

自动就位，超專業

↓

怎麼那麼久...

→

揍你出気

又发作了

這醋桶妞妞你又沒有毛要梳什麼？

妙董～♡

妙董～你怎麼忘記我了

梳一下　梳三下　生氣了！

繼續梳吧

抓紙板洩憤

妹頭也不喜歡

但是梳下巴OK呵～

不要弄啦　很壞耶

梳襪子的時候，妞妞一定會過來吃醋也要梳。但她其實不愛梳毛，都沒梳幾下就跑了～～

梳一梳吧～

不喜欢但可以勉強

雖然是短毛貓，梳下來的毛還真不少！真希望能拿來編毛線或做什麼：)

洗澡

哇嗚～
我很怕

呼嚕嚕～

因為只有四條毛巾，所以一次只能洗一隻（而且很累）。先洗最乖的襪子吧，一沖水瘦了兩圈，根本是虛胖；而且沒聽過襪子叫這麼大聲，連卡卡也在外頭打氣聲援。擦臉時居然就呼嚕起來了。剛剛明明哇哇叫的說……

再一下下喔

吹乾時，襪子也一直要跑，只好把吹風機放地上，兩手抓住他。因為襪子毛長，不吹乾，感冒就麻煩了。後來襪襪忙了一整天都在整理他的毛。

毛都搞得亂七八糟了啦

卡卡一抓狂就完全失去理智，在擦乾時還給我『挫屎』，趕緊屁屁擦一擦就放他走……

忍耐
強忍
硬忍

休格不錯，沖了水只瘦一桌桌

第二天來洗卡王子，一開始以為他變乖了，結果安靜不了三分鐘……

救命啊
殺貓啊
我要死了～
我要死了

洗基米前要先剪指甲,不然一個不留神,我就會掛彩!

〈沖水前〉

〈沖水後〉
还是一樣胖˘˘

沒想到基米還滿乖的,除了鬼叫倒是沒什麼掙扎...但是也給我挫屎!
真是一對拉屎兄弟

妹頭沖水前還呆呆的在腳邊ㄋㄞ來ㄋㄞ去,沖了水才發現是要洗澡!不過也只是抱怨兩句而已。但她一直甩水,我全身也溼了......算了,反正等一下我也要洗

我不要洗澡啦

溼答答真噁心

〈沖了水也是瘦一圈〉

甩甩 甩甩

妞妞要送去剃毛,所以不用洗。髒的毛剃光光也算是洗過澡了吧

〈夏天穿大衣〉

忙忙忙忙

妹頭真乖♥

衝啥

白白滑滑的屁屁看起來真像麻糬

妹頭不怕吹風機,我就超輕鬆了

貓廁二三事

一般養貓人說到貓咪的好處時，一定會提到『貓會清理大小便』。偏偏我家有兩個傢伙這件事老做不好……

我都很努力理呀

都理不好耶…… 奇怪……

【為保護當事人自尊 不公開其身份】

每當聽到

嘿嘟嘟嘟

這兩隻貓並不是沒有清理，而是理不起來……

就知道他們其中之一在廁所了。完全擺錯地方自己也不知道，唉。

已經拼命理了 怎麼還是很臭呢？

你还敢说

一直摸再度登場

平衡惡狀群8

獨門絕技沒得比

偶爾我會幫忙理，但多數時候其他貓會做好這件事。因為晚上清貓砂時，並沒有看到沒理的大便。相較於這兩個阿呆，卡卡跟『一直摸』學的工夫就太厲害了～～

大學時大家都很懶，都要等到貓廁發出臭味才清，往往也都沒有容腳之處，此時就是貓咪施展絕技的時候。（學生時代挖到大塊的不但沒有歉意，還很得意）

只有你吧

哈哈哈

超大～！！！
又破記錄了～

這日人痴是啊

勤快臭啊你

現在不清不行了，5
貓X（大便3小坨＋
小便1大坨）= 20坨！
一天沒挖，隔天就會見
到貓糞地獄了……

〈現在用超大置物箱当貓廁〉

唔喔～～真舒暢

啊！是落賽！！
嘩啦啦

不清屁股又很髒
怎麼辦
怎麼辦
怎麼辦
怎麼辦
自己清太噁心

又在地上好了

足球規則純屬瞎扯蛋，大家看圖就好……

我家盃貓咪足球賽 (好長的標題)

比賽用球 由M提供

妹頭選手控球衝過來了

看熱鬧

看熱鬧

規則① 禁止搶球，除非对方控球失誤

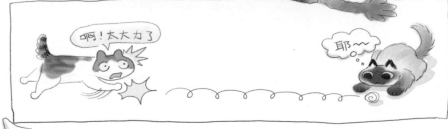

啊！太大力了

耶～

褲襪选手正在展現他的高超的控球技巧

左搖　右搖

踢踢踢
（根本沒踢到）

規則② 一貓一隊，所以不需要传球

妞妞選手帶球過來了～

射門～～～～

扣分！

規則③ 禁止射門，因為撿不出來

重新發球

衝衝衝

喵

現在控球權落入基米手中

豬肉滿福堡用紙

啊～基米選手把球吃掉了

好香喔

嗶嗶

大會報告大會報告

因為比賽用球被基米選手咬爛，賽程無法繼續。

今日轉播到此結束，謝謝大家的收看～

視力不好？

記得書上說貓咪的視力不太好；從家裡舉件貓事上看來，他們的視力真的怪怪的……

例子①

例子②

想打架!?

噤

明明就是我在作怪，不曉得為什麼他們要打起來，沒看到我嗎？還是敢怒不敢言？打別貓出氣？

基米很愛咬紙箱，咬一個洞後，鑽進鑽出玩。有一次基米在紙箱裡聽到放飯了，急著鑽出卻被卡住，就拖著紙箱跑，襪子差點沒嚇死～～襪襪，你沒看到基米嗎？？？

救命啊～

喵吉拉

例子③

最誇張的是有一次無聊買了一頂貓耳帽（原來叫小惡魔什麼的），原本要戴給貓貓看、讓他們笑一笑、耍耍寶

結果，狀況完全不是我想像那樣……

嫦巨貓!!

← 貓咪眼中的我

恐龍貓!!

貓怪!!!

救命啊

媽媽

每隻貓都嚇得屁滾尿流……所以我真的覺得貓的視力不太好。動態視力和夜視能力是沒話說啦，但是看東西大概只看個外形而已，八成以為有老虎來踢館吧……

呀し

喵喵叫 口么

不曉得誰發明『喵』這個字的，家裡五
隻貓沒有一隻是喵喵叫；而且除了卡卡
和妹頭，其他貓都還滿沈默寡言的……

我要化毛膏

ㄟ～

襪襪還這樣叫……不是
要梳毛也不是要
玩，完全不能理
解他想幹嘛？不
過大體是很有精神
的叫聲就是了

你不要說
髒話啦…

ㄎㄠㄥ 快桌

ㄎㄠㄥ 快桌

轉轉轉

是阿襪啊

這時才會
叫一声

摩蹭

喂～

譯：呃……啊……那個…
我說啊……
怎麼說呢……
就是啊……
哎唷……

哇～嗚哇～嗚哇！

ㄠㄥ 是我啦

偶爾妹頭會有奇怪的舉動，明明我就在她旁邊卻偏偏要去別的房間叫，而且還叫得很可憐⋯⋯但一叫她，馬上又跑過來⋯⋯

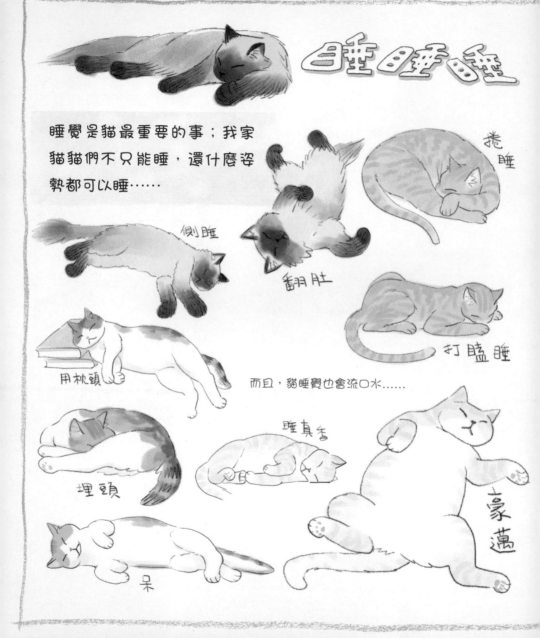

睡睡睡

睡覺是貓最重要的事；我家
貓貓們不只能睡，還什麼姿
勢都可以睡……

捲睡

側睡

翻肚

打瞌睡

用枕頭

而且，貓睡覺也會流口水……

埋頭

睡真香

豪邁

呆

卡卡剛睡醒

呆

耳朵癢癢

〈根本沒搔到〉

沒睡飽就繼續
睡吧你

靬靬靬

不可思議的睡姿

睡到一半突然起來生氣,
不曉得夢到啥?

沙發是『公貓俱樂部』

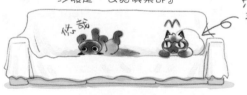

悠哉

愈來愈像惡霸

我有自己專用的床
就不跟妳計較了

地上比較涼啦

基米愛用床(兼磨爪)

伸懶腰

襪子非常喜歡梳毛，喜歡到就算我抓他的手來玩一玩，他還是會過來…以前弄他還有點抗拒，現在襪子已經很習慣我的擺佈了；已經習慣到我一抓他的手，他就順勢伸懶腰趴下等梳毛……

這人好幼稚
為了梳毛…
忍耐～

我又还没玩到
起来～

① 襪襪 有！

② 喔喔喔

又来了。。。。

③

④ 真自动啊

好了。
来吧～

小嘍嘍

有一天聽老婆在說妹頭的奇怪舉動……我本來想妹頭只是有騷動就過來湊熱鬧而已……

沒想到我在教訓卡卡時，親眼目睹妹頭她……

活脫脫就是流氓身旁小嘍嘍的模樣，一有事就幫老大嗆聲～～

幫你出頭还囉嗦，吃!

卡基爭霸戰

卡卡和基米真的非常討厭對方，從見面第一天就開始……

保衛家園是我一家之主的責任啊啦

你這傢伙！白不白橘不橘的又胖！

雖然這不是我的地盤，但是我怎麼可以讓這个瘦子瞧不起呢！

咦，不是我嗎？

什麼！你再說一次

這傢伙体重搞不好是我的兩倍，要怎麼打啊？

的確是2倍

先下手為強！

喔～

哇！

太遜了～

每天都可以看到他們對峙，沒兩下卡卡心虛或打個兩下就被基米追得滿屋子跑；沒受傷就跑一跑也不錯，所以沒阻止他們。但是，兩年後……

高手決鬥
無招勝有招

奇怪？這瘦卡今天怎麼如此鎮靜？

看旁边

什麼!?他居然有空看旁边??太有自信嗎？有必殺絕技??還是故佈疑陣？不管了～出手就是了!!

完全被識破了
呃啊, 不行

転回来

步步通進

不要过来
不要过来
不要过来
不要过来
不要过来
不要过来
不要过来

舔舔

喵哇～～～
居然在对峙的
時候舔毛～
完全被瞧不起了
我輸了～～～

勝負已分!!!

卡卡王座
〈抓掉椅背的电腦椅〉

卡王子也不是會趕盡殺絕的貓, 把基米逼到角落去囂張一下就會放基米走了。基米雖然輸了, 但只是『敗將』可不是『降將』, 每天還是會來挑戰卡卡, 說不定哪天就突然找到打敗卡卡的方法了。

這篇是我知肥基的奥义
妳出来幹嘛啦

剃毛の妞妞

五貓打架
各出奇招

卡卡和基米幾乎每天都要打一打。初期都是基米打贏，但不知從什麼時候開始，卡卡總是在對峙時就佔上風，基米自知不敵就不戰而逃了，而卡卡也不會趕盡殺絕，追一追就放過基米了。（詳見上一篇）

〖一玩就變成瘋狂狀態〗

來玩嘛♥

我不喜歡你弟弟...

哇——
你不要過來啦

襪襪只喜歡找妞妞玩。但妞妞就是不喜歡襪襪，甚至會賞他兩拳。而襪襪也是小白目，被打還是像麥芽糖一樣纏著妞妞。

DJ...來玩嘛...

呃！這時算我!?

小妹頭幾乎不會主動去找貓打架，但只要一有騷動，就會趕快去幫忙（背後桶一刀）

所謂「天地萬物，相生相剋
一貓剋一貓」

很傷心耶你
敵人攻擊

你不要過來啦～
呵呵

氣氣氣氣
不玩了

為什麼?!?
為什麼?!?

貓 賴皮

卡卡和妹頭非常喜歡待在工作室，也不曉得是為什麼？

妳是要趕上班喔？急什麼……

快桌～快桌

基米和妞妞偶爾也會待在工作室。只有襪子幾乎不會進來。幾隻貓分布狀況如左：

門

做家事、搬東西

椅子預定地

你弄到我了啦～

是你擋路不對吧！

還是不想走

走了,卡卡

好啦好啦

晚上要睡覺時,其實貓們也都知道該出去了。但就是有貓不太合作,卡卡和妞妞是屬於比較合作的……

妞頭就很賴皮了……

出去出去出去

我不要不要不不要不要

喔～肯走啦

最後掙扎

妳是駝鳥啊?

PS.駝鳥不会這樣

基米就更賴皮了～～

快走!

不動如山

要賴失敗

貓賴皮·續

貓都喜歡窩在合身的小紙箱中，也不曉得是有安全感還是什麼的。總之，有天心血來潮就買了這個藤籃，貓也都很捧場。後來發現晚上趕貓時，意外的好用。

真方便

出去！出去！

要賴皮

另一次在趕基米時，他也是不甘願自動出去

不給抱只好…

快走

有掩避物

不知道要說啥…

哈哈哈～～基米你這沒有自知之明的肥貓
嗯！
基米現在多重啊？抓來量量看......

7.8公斤……!!!

比之前量還多了0.6公斤！！
為什麼啊～～又沒有吃得比較多，為何會變
重？？基米，你又要吃減肥飼料了......
貴啊......（註：現在更重了！）

`` ` ` ` ` ` ``

我对吃
比較有興
趣啦……

基米快来運动～

用勺糾察隊長

搬家後，電視機上的空間擺不下卡王子的碗，只好讓他降級跟大家一樣在地上吃飯。但為了顧及他的心情及維持用餐秩序，我就必須站出來！

吃飯了～

吃飯時
不知為何甘願被打

鑽來鑽去

吃飯我最勇

急什麼？ → → → → → 給我吃
給我吃

這是放飯的順序（依照慢、快排列）；
免得基米吃完又去搶別人的吃。

拉來拉去

餵卡卡要用身體『護駕』，最重要的是隔開基米，免得卡王子龍心不悅又不吃了。
基米雖然最慢開始吃，但每次還是最快吃完。這時要防止他去騷擾別貓。

我又第一！

蹌

鑽來

鑽去

不要分心！

吃完就
洗臉去吧

剩一半

天氣熱卡卡食慾不佳

吃飽？

不吃了

其他貓也吃不完

怎麼辦？

咔咔咔

我就知道

去清別人的

惡作劇

有時怕貓無聊，就會小小捉弄一下，為他們增添一些小驚喜～～
有回刷牙刷一半，拿牙刷給妹頭聞，她當然不喜歡，咻的就逃走
了。這之後一陣子，只要我伸手，妹頭就……

妹頭給妳～

反射表情

↑
根本沒東西

那是什麼
那是什麼

給
你

同樣的方法也應用在基
米身上……

欺負就欺負
講一大堆！

襪子只要被抱起來，就是最大的折磨了，一副我會對他幹嘛的樣子；枉費我每天幫他梳毛，真是的……

其實只有輕輕咬而已馬上又弓來弓去～

卡卡也很好玩，除了看到圓罐就暴走之外，他對只吃過一次的鱈魚香絲也是念念不忘……

嚇死人了，平常很少做夢的我被這個夢驚醒！應該是隔天妹頭要結紮的關係吧……之前妹頭都是用打針來避孕，剛好附近有找到一家好醫院，就決定幫她結紮了。

從來沒看過動物醫院用火焰消毒的！醫生人很親切。

火焰殺菌!!

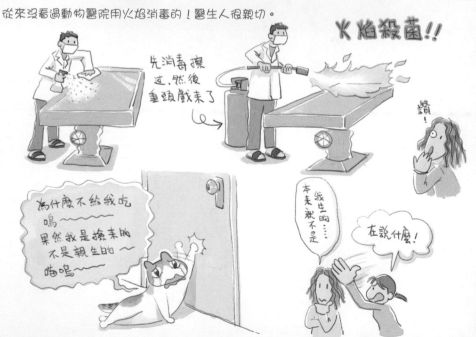

先消毒擦這，然後重頭戲來了

讚!

為什麼不給我吃嗚
果然我是撿來的
不是親生的～
嗚嗚

我生的……
本來就不是

在說什麼！

肚子就很痛
了还跟我尿尿

跟妹頭墊腳

.....

醫生技術很好，總之手術順利。十天後拆線，為照顧妹頭，把她關著，可是她一直要出來一直要出來，直到半夜才放她。原來，她要上廁所啦......

老婆～
妹頭吃東西了～

一直都是站著吃
很沒安全感的貓

妹頭原來就沒膽，手術後不吃不喝，醫生說只是受到驚嚇。只好用針筒灌她點水......可是一看到我們就躲起來，真怕妹頭再也不理我們了......

一直到第五天，妹頭才開始吃一點東西......

一直換姿勢
还是硬要
黏上來

可是後來比以前更黏人！做事很不方便......

喀嚓

這是襪襪割蛋蛋的故事。襪襪發情不但哇哇叫，還會噴尿（超級臭），遇到好醫院就趕快結紮吧。而且也希望結紮後可以變胖一點；襪襪長毛狀態跟剃光的妞妞居然一樣大，真是瘦得可以。偏偏醫生又交代：照例，動手術的早上不能進食⋯⋯

為什麼不讓我吃
因為我不是親生
的嗎？？
為什麼
為什麼
為什麼

老梗⋯

什麼聲音？？

一点
同肥♡
都沒有

繼續吃
繼續吃

醫生的技術還是一樣棒，半小時就收工了。但醫生說襪襪的心臟機能很弱，不過，也沒什麼可以注意的⋯⋯是繁殖品種貓的後果嗎？

襪襪別走

⋯⋯麻藥未退⋯⋯

又想捉我去哪？

當天回到家，襪襪看到我就一直跑⋯⋯

到了晚上麻藥完全退了之後，居然一副悠哉的樣子

這麼不痛啊？？
真是男女大不同

真的好像沒事一樣，連晚上放飯時也很高興的跑過來要吃！？但是醫生交代當天還不能進食，只好又把他關起來不給吃......

反正也
不會給我吃

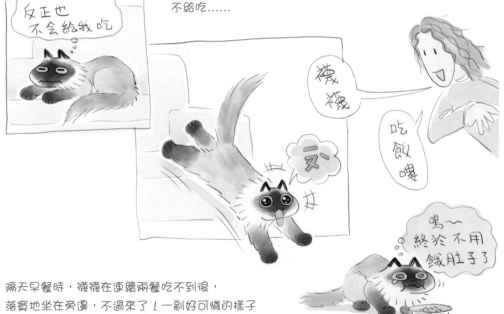

襪
襪

吃
飯
囉

交

嗚～
終於不用
餓肚子了

隔天早餐時，襪襪在連續兩餐吃不到後，
落寞地坐在旁邊，不過來了！一副好可憐的樣子

玩遊戲

我自製了『逗貓繩超級加長版』，效果超棒！

├ ─ ─ ─ →3公尺← ─ ─ ─ ─ ┤

好像在打獵～

雖然每隻貓都很愛玩，但是大家都很守秩序（真怪），一隻在玩時，其他貓就乖乖在旁邊等，絕不會搶來搶去。

≪莫名其妙自high暴衝了≫

必殺！

≪懶得動，只會揮手≫

【無影手】

妞妞應該是生性愛玩加上以前沒人陪她。現在一玩起來簡直跟發狂一樣，完全不顧自身安全，就算摔倒了也無所謂……

【原地打轉】

【不顧後果猛跳】

哈哈

看貓玩可以觀察到每隻貓的玩法個性都不同。

大家為了貓貓都儘量
不出門，但過年時就無法
度了。我得浩浩蕩蕩的把
貓載回台北去。

《車後座塞滿滿》

妞妞暈車了

猛留口水

譯：好可怕!! 救命啊!!

台北 ← 宜蘭

車程2.5小時，慘叫声完全沒停过

最麻煩的是基米和卡卡。基米會嚇得拉屎拉尿，卡卡則是拼命哀號，其他貓也是哀哀
叫。卡卡無論怎麼哄、怎麼抱，還是用力狂叫，我們一致認為可以提供給情治單位用來
刑求犯人。

在精神崩潰邊緣到了台北。
因為之前已經來過老婆娘家好幾趟了，
貓咪們也都很習慣，沒兩下就到處趴趴走，
飯也正常吃，完全沒問題！

可憐的是老婆家的咪咪和妹妹，妹妹在過年期間都躲在廚房，
咪咪則是忙著捍衛家園……

基米 走開！

我們不是好朋友嗎？

閃開閃開

你既然對我不仁 就別怪我不義了～

誰啊來怕啊啊誰～

臭基米

第一次看到襪襪生氣…

過年期間還會去外婆家圍爐，妞妞就是這邊接過來養的。但是，外婆家仍有兩貓一狗

摳菲合（諧模仿英文發音）

超級美貓～球球～

高貴穩重的咪咪合

貓真是難以捉摸啊

大咪咪就像他高貴的外表一樣，在鬧哄哄貓屋子人的環境中，一點也不為所動；靜靜的在椅子上或浴缸中休息。但我去逗他玩時，倒也肯賞臉。而球球是完全相反的公關美貓，任人摸任人抱都OK（雖然不覺得她有高興啦）但是不知何時惹惱了她，竟被娘娘咬了一口！我到底做錯什麼？？

我也要摸。

搶風頭

平常看慣了貓咪，突然看到楓菲這種大型犬，會有巨大得令人害怕的感覺。

不過狗的眼睛看起來就是很誠懇，而且楓菲又乖，一直忙著招呼大家（討摸），得到骨頭後還會回自己的位置去吃，不會吃得亂七八糟，真是乖。不像我老家的『牛』，啃骨頭都搞得到處都是，不過，也是我媽寵才這樣……

像乳牛，所以叫牛仔

過年一半的時間還要回老家南投去。丟了五隻貓在老婆家搗亂，心裡實在很過意不去……回到南投，還沒進門，『牛』就在門口等了。『牛』的記性真是棒！她才看過我兩三次而已說，居然連汽車的聲音都認得。

剛剛才摸又要摸

去找媽媽

狗跟人差不多聽話啊

狗真是比貓聽話太多了。像不想摸牛的時候，只要說一聲，牛就乖乖照辦，完全不敢奢望貓有一半的表現，要貓閃邊不但賴皮不走，有時還會被基米咬一口……

因為老家在田旁邊，牛都在外面趴趴走，身上有點髒髒的，所以我並不是很想摸她（摸完又要洗手），可是看她搖得那麼高興，不理她好像很無情，我就陪她搖一搖好了（？）

你在幹嘛？

這篇都在畫狗耶

感謝一下ㄅ

牛の真面目
因為她一看到人耳朵就往後压，所以完全不曉得原來長這樣

吃飯的時候才知道我媽拿什麼餵牛，居然把排骨整塊整塊的給牛吃！根本不是吃骨頭，連外面來討食的小黑貓都挑得很......可見平常不知道都在吃什麼大魚大肉，我家五貓若知道，大概會羨慕死了。

嗯......好像有点小

請

我不要肉
我要罐頭～～!!

過完年，又得浩浩蕩蕩的把五隻貓載回宜蘭。當然，載貓是小事，可恨的是又要遭受卡卡的魔音攻擊......

不要叫了

嗚嘎

討厭鬼再見
咳咳～

終於不用躲廚房了.....

全民喵檢測驗 (GCPT)

GENERAL CAT PROFICIENCY TEST

1. 當貓咪霸佔你的舒服位置時，你會？

☐ 直接趕走 ☐ 好言相勸 ☐ 把貓輕輕抱起，坐下來好好服侍 ☐ 勉強和牠一起坐

2. 當貓咪在你腿上打呼，但你超想尿尿時怎麼辦？

☐ 直接站起來 ☐ 小心地把牠移到旁邊 ☐ 把牠叫醒 ☐ 憋到牠睡飽

3. 你家的貓幹壞事時，你的處理態度是？

☐ 柔情勸導 ☐ 揍牠屁股 ☐ 說「你這個小壞蛋怎麼這麼可愛呀」 ☐ 厲聲指責

4. 貓咪抓家具時怎麼辦？

☐ 罵牠壞貓 ☐ 家具本來就是牠的玩具 ☐ 買貓抓板給牠 ☐ 打牠

5. 你最常和貓咪說的話是？

☐ 閒話家常，什麼都說 ☐ 牠的名字 ☐ 你好可愛喔 ☐ 爸比媽咪好愛你

6. 你會親貓嗎？

☐ 才不會呢 ☐ 只用臉蹭 ☐ 會親牠的鼻子 ☐ 天天親、到處親

7. 看到貓玩蟑螂時，你的反應是？

☐ 很高興牠幫你消滅蟑螂 ☐ 陪牠一起玩 ☐ 把貓抓開，打死蟑螂 ☐ 抱著貓一起逃走

8. 地震時你最先想到要保護的是？

☐ 自己 ☐ 貓咪 ☐ 家人 ☐ 錢

9. 未來的另一半不喜歡貓怎麼辦？

☐ 幫他洗腦 ☐ 把貓送走 ☐ 對象再找就有，愛貓無可取代 ☐ 不理他

10. 貓咪發出呼嚕聲的意思是？

☐ 心情爽 ☐ 不知道 ☐ 生氣 ☐ 呼吸道疾病

想知道解答嗎？
快上貓頭鷹知識網http://www.owls.tw/　讓電腦算出你的貓奴級數吧！

寫在後面：養貓の酸甜苦辣

沒有腳踏墊
因為基米会尿尿

貓尿非～常～臭

客廳空蕩蕩沒有擺飾品

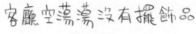

因為襪子手很賤

盆栽也不能放

面紙要倒放
因為有貓会咬

東西沒吃完
要隨手收好
不然……

Notebook一桌都不高級
身上老放一堆東西
防止被貓当
座墊

沙發要蓋著雨衣
因為妞妞会乱吐

上鎖!

房間門都要鎖
因為卡卡会開門

拖鞋要立起來放
因為貓会乱吐

腳踏車椅墊
要用報紙
蓋著,因為
卡卡会抓

33

明明很晚睡
每天还是要
早起餵貓

明明很累想睡
覺,但是不能
一天不挖沙

因為瓦楞紙当貓抓板
家裡地板總是很髒乱

是你自己
沒掃地吧

南無~

貓奴籲天錄

作　　者　妙卡卡（部落格「貓貓塗鴉」http://blog.yam.com/myukaka）
出 版 者　貓頭鷹出版
發 行 人　涂玉雲
發　　行　英屬蓋曼群島商家庭傳媒股份有限公司城邦分公司
劃撥帳號　19863813；戶名：書虫股份有限公司
購書服務專線　02-25007718；25007719
24小時傳真專線　02-25001990；25001991
香港發行所　城邦（香港）出版集團／電話：852-25086231／傳真：852-25789337
馬新發行所　城邦（馬新）出版集團／電話：603-90563833／傳真：603-90562833
印 製 廠　成陽彩色製版印刷股份有限公司
初　　版　2007年2月
定　　價　新台幣199元
ISBN　978-986-7001-45-0
有著作權‧侵害必究

系列主編　謝宜英
美術統籌／封面設計　林敏煌
封面繪圖　妙卡卡
校　　對　吳亞駿　謝宜英
社　　長　陳穎青
總 編 輯　謝宜英
讀者意見信箱　owl_service@cite.com.tw
貓頭鷹知識網　http://www.owl.com.tw
歡迎上網訂購；大量團購請洽專線(02)2356-0933轉285

國家圖書館出版品預行編目資料

貓奴籲天錄 / 妙卡卡著/繪圖. -- 初版. -- 臺
　北市：貓頭鷹出版：家庭傳媒城邦分公司發
　行, 2007[民96]
　　面；　公分

　　ISBN 978-986-7001-45-0(平裝)

855　　　　　　　　　　　　　　96001953

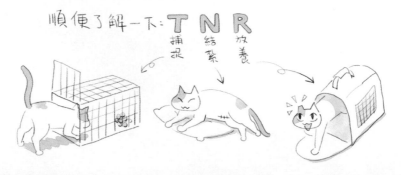